AF602877

14 mars 1892
Nantes

Collection

de

Feu M. Gustave MASSION

IMPRIMERIE MAULDE ET RENOU

A. MAULDE & Cie

IMPRIMEURS DE LA COMPAGNIE DES COMMISSAIRES-PRISEURS

Rue de Rivoli, 144. — Paris

CATALOGUE

DES

MEUBLES ANCIENS

TAPISSERIES

DE BRUXELLES, PARIS, AUBUSSON, ETC

TABLEAUX

De Th. Rousseau, Daubigny, Harpignies
Leloir, Ch. Jacque
E. Lambert, Stevens, Goya, A. De Dreux, etc.

AQUARELLES, G AVURES

Armes — Ferronnerie — Bronzes — Porcelaines — Faïences

OBJETS D'ART ET DE CURIOSITÉ

COMPOSANT LA COLLECTION

De Feu M. Gustave MASSION

Propriétaire, ancien Négociant Raffineur à Nantes

ET DONT LA VENTE PUBLIQUE AUX ENCHÈRES AURA LIEU

A NANTES

PLACE LAUNAY, 2 — HOTEL MASSION

Le Lundi 14 Mars 1892, à une heure de relevée

ET JOURS SUIVANTS

Par le ministère de Mᵉ A. NORMAND, Commissaire-Priseur
à Nantes, Place du Bouffay, 1
Assisté de M. LOYER, Antiquaire-Expert, à Paris
boulevard Saint-Germain, 147

EXPOSITION PARTICULIÈRE

Les Mercredi 9, Jeudi 10 et Vendredi 11 Mars 1892

DE UNE HEURE A QUATRE HEURES

CONDITIONS DE LA VENTE

Elle se fera AU COMPTANT.

Les Acquéreurs paieront, en sus du prix d'adjudication, le droit d'usage de CINQ POUR CENT.

L'Exposition mettant les Acquéreurs à même de se rendre compte de la nature et de l'état des Objets, il ne sera admis aucune réclamation une fois l'adjudication prononcée.

Les Objets adjugés devront être enlevés le lendemain de l'adjudication, de 9 heures à 11 heures du matin.

ORDRE DES VACATIONS

Lundi 14 Mars

PORCELAINES — FAÏENCES — OBJETS D'ART

Mardi 15 Mars

PORCELAINES — FAÏENCES — ARMES

Mercredi 16 Mars

MEUBLES ANCIENS — TAPISSERIES

Jeudi 17 Mars

SUITE DES MEUBLES — BRONZES — OBJETS D'ART

Vendredi 18 Mars

TABLEAUX — AQUARELLES — GRAVURES

Samedi 19 Mars

SUITE DES TABLEAUX — AQUARELLES — GRAVURES — LIVRES

A. MAULDE et Cie, imprimeurs de la Cie des Commissaires-Priseurs,
rue de Rivoli, 144. 600—21412

DÉSIGNATION

TAPISSERIES

1 — Série de magniques Tapisseries, composée de cinq Panneaux, exécutés d'après les dessins de VAN DER MEULEN, provenant de la fabrique de Bruxelles, de l'époque de Louis XIV, représentant des paysages avec châteaux, personnages et chasses royales. — Long. 11^{m}; Haut 2^{m}30.

2 — Tapisserie de l'époque Louis XIV, fabrique de Paris, représentant Moïse tenant les Tables de la Loi. Belles Bordures tissées argent.

3 — Tapisserie de l'époque Louis XIV, faisant pendant avec la précédente.

4 — Morceaux de belle Bordure de la Renaissance. — Long. 2^{m}40; larg 0^{m}55.

5 — Belles Bordures de la Renaissance. — Long. $8^m 50$; larg. $0^m 55$.

6 — Bordures de la Renaissance semblables aux précédentes. — Long. $9^m 30$; larg. $0^m 55$.

7 — Tapisserie verdure Flamande sans bordure. — Haut. $2^m 30$; larg. $2^m 80$.

8 — Belles Bordures en tapisserie de la fabrique de Bruxelles (Enfants, Corbeilles de Fleurs), formant cantonnière. — Long. $9^m 80$; larg. $0^m 60$.

8 *bis* — Bordures en Tapisserie de la fabrique de Bruxelles (Enfants, Corbeilles de Fleurs), formant cantonnière. — Long. $9^m 80$; larg. $0^m 60$.

9 — Tapisserie verdure flamande, sans bordure. — Haut. $2^m 30$; larg. $1^m 50$.

10 — Belles Bordures de la Renaissance (Petits sujets, Costumes Henri II). — Long. $7^m 50$.

11 — Bordure de Tapisserie Louis XIII à médaillons (Figures et Fleurs). Long. $7^m 50$; long. $0^m 40$.

12 — Bordures de Tapisserie Louis XIII à médaillons (Figures et Fleurs). — Long. $7^m 50$. larg. $0^m 40$.

13 — Bordures de Tapisserie Louis XIII à médaillons (Figures et Fleurs). — Long. $7^m 50$; larg. $0^m 40$.

14 — Coussin en Tapisserie Flamande, époque de la Renaissance, nombreux personnages, entourés d'une bordure de fleurs.

15 — Coussin en Tapisserie Flamande, époque de la Renaissance, nombreux personnages, entourés d'une bordure de fleurs.

16 — Coussin en Tapisserie Flamande, époque de la Renaissance, nombreux personnages, entourés d'une bordure de fleurs.

17 — Coussin en Tapisserie Flamande, époque de la Renaissance, nombreux personnage, entourés d'une bordure de fleurs.

18 — Coussin en Tapisserie Flamande, époque de la Renaissance, nombreux personnages, entourés d'une bordure de fleurs.

19 — Coussin en Tapisserie Flamande, époque de la Renaissance, nombreux personnages, entourés d'une bordure de fleurs.

20 — Coussin en Tapisserie Flamande, époque de la Renaissance, nombreux personnages, entourés d'une bordure de fleurs.

21 — Coussin en Tapisserie Flamande, époque de la Renaissance, nombreux personnages, entourés d'une bordure de fleurs.

22 — Coussin en Tapisserie Flamande, époque de la Renaissance, nombreux personnages, entourés d'une bordure de fleurs.

23 — Coussin en Tapisserie Flamande, époque de la Renaissance, nombreux personnages, entourés d'une bordure de fleurs.

24 — Belles Bordures en Tapisserie de l'époque Louis XIII. — Long 6^{m} 40; larg. 0^{m} 40.

25 — Bordures en Tapisserie d'Aubusson. — Long. 5^{m} 20.

26 — Bandes de Tapisseries au point, époque Louis XIV. — Long. 5^{m}.

ÉTOFFES

27 — Cinq grandes Tentures en toile de Gênes.

28 — Lot d'Étoffes Louis XV, soie brochée.

29 — Robe Louis XV, complète, soie fond crême, ornée de bouquets de fleurs.

30 — Robe de chambre Louis XV, avec gilet.

31 — Grand Tapis Louis XV, en soie brochée, comprenant environ six mètres de soie.

32 — Chemin en moquette, entourant un billard.

33 — Tenture encadrant une panoplie et composée de trois pièces d'étoffes en broderies italiennes du XVIe siècle.

MEUBLES

GARNIS DE TAPISSERIE OU D'ÉTOFFES

---

34 — Écran Louis XIII, en bois, vieille dorure, garni d'une tapisserie au point, représentant Esther et Assuérus.

35 — Quatre Tabourets, style Louis XIV, recouverts de tapisseries anciennes.

36 — Deux Fauteuils, six Chaises et un Tabouret en bois sculpté, style Renaissance, garnis de tapisseries anciennes.

37 — Meuble de Salon, en bois sculpté, de l'époque Louis XIV, recouvert de tapisseries représentant des sujets d'après Téniers et composé de : Huit Fauteuils et un Canapé.

38 — Meuble de Salon, de l'époque Louis XVI, en bois sculpté et doré, garni de tapisseries d'Aubusson représentant des vases de fleurs et des guirlandes, composé de : Six Fauteuils et un Canapé.

39 — Deux petites Chaises Louis XVI, à médaillons en bois doré, garnies de tapisseries d'Aubusson.

40 — Grand Tabouret-Pouf en tapisserie au point, de l'époque Louis XIV.

41 — Tabouret de pied en tapisserie d'Aubusson.

42 — Quatre petits Tabourets en bois doré, style Louis XVI.

43 — Fauteuil-Ganache, recouvert de peluche de soie brodée.

44 — Coussin en soie bleu ornée de broderies chinoises.

45 — Le même, en soie crème.

46 — Chaise longue Louis XVI, garnie de soie brochée.

47 — Paravent à deux feuilles, broderies italiennes formant le fond, encadrées par des montures en cuir moderne à fers dorés. Le dos est en cuir à fers dorés fleurdelisés, imitant les reliures anciennes.

48 — Paravent à deux feuilles, en broderies de la Renaissance, monture et dos recouverts de peluche.

49 — Divan circulaire avec ses six coussins, le tout recouvert de reps imitant la tapisserie au point.

MEUBLES

NON GARNIS D'ÉTOFFES OU DE TAPISSERIES

---

50 — Grand Bureau à cylindre de l'époque Louis XIV, en bois de rose, il contient de nombreux tiroirs et est orné de cuivres.

51 — Bureau-Commode, époque Louis XV, en marqueterie hollandaise.

52 — Petit Bureau Louis XIII, à croisillons, entre pieds, marqueterie sur écaille rouge, ornements en cuivre et étain.

53 — Stalle, style gothique, bois sculpté et doré.

54 — Grande table, genre Louis XV.

55 — Table gigogne, bois laqué.

56 — Pendule comtoise Louis XV, avec sa gaine en acajou.

57 — Chaise à porteurs Louis XV, en bois sculpté, ornée de panneaux peints représentant des fleurs et des scènes champêtres.

58 — Billard avec ses accessoires.

59 — Chevalet porte-cartes, en bois d'acajou.

60 — Table portefeuille avec son tapis.

61 — Glace Louis XIII biseautée, ornée de cuivres repoussés.

62 — Bas-relief en bois sculpté, époque Louis XIII, scène religieuse.

63 — Coffret en cuir, époque Louis XIII.

64 — Console ancienne, de la Régence, bois sculpté et doré, ornée de chimères, de dragons et d'une tête de faune.

65 — Deux Anges dorés

66 — Une Mandoline.

67 — Console Louis XV, en bois sculpté et doré, avec son marbre blanc.

68 — La même, moderne, bois et pâte.

69 — Quatre appliques Louis XVI, en bois doré, forme lyre ; chaque applique à deux bras en fer doré, formant lumières.

70 — Deux Miroirs-Appliques italiens, du XVIIIe siècle, en bois sculpté et doré.

71 — Huit Chaises Louis XIII, flamandes, dont quatre anciennes et quatre modernes.

72 — Glace Louis XIII, à ornements en cuivre repoussé.

OBJETS EN BRONZE, CUIVRE, FER, ETC.

73 — Lustre Louis XIII en cuivre, orné de vieux Bohême, à six lumières.

74 — Lustre de billard, simili-bronze.

75 — Grand Lustre hollandais, en cuivre verni, à vingt-quatre lumières.

76 — Garniture de cheminée, style Louis XIII, avec Porte-pelle garni.

77 — Paire de Flambeaux en argent, époque Louis XV, avec écusson armorié, vieux poinçons, pesant 1,270 gr.

78 — Vidrecome en étain gravé, daté de 1668.

79 — Aiguière persane, avec son plateau, le tout en bronze.

80 — Pot en ivoire sculpté, représentant une scène antique.

81 — Serrure en fer, garnie de cuivres, imitant les ouvrages de la Renaissance.

82 — Tableau en cuivre, représentant un paysage.

83 — Lampe en cuivre.

84 — Petit Miroir, dans un cadre de bronze, doré et ciselé, époque Louis XIII.

85 — Petit Miroir doré.

86 — Bronze de Barbedienne, signé Clésinger, représentant une femme nue, couchée sur un lit de fleurs.

87 — Paire d'Appliques en bronze doré, à trois lumières style Louis XV.

88 — Paire d'Appliques en bronze doré, à trois lumières, style Louis XV.

89 — Groupe en bronze : Hercule jetant Lycas à la mer. Attribué à Canova, fait à cire perdue.

90 — Paire de Flambeaux cassolette, style Louis XVI.

91 — Quatre Bras à une lumière chaque, en fer repoussé, travail italien du XVIIIe siècle.

92 — Cloche, avec armature en fer forgé, parties dorées et peintes.

FAIENCES, PORCELAINES, VERRERIES

93 — Deux grandes Potiches en porcelaine du Japon, 0m 90 de hauteur, décor bleu et rouge sur fond blanc, avec couvercles ornés d'un dragon doré.

94 — Grand Vase en faïence ancienne de Savone, décor bleu sur fond blanc.

95 — Choppe en cristal gravé, monture en étain.

96 — Porte-huilier avec ses deux Burettes, porcelaine décorée, genre Saxe.

97 — Verre en vieux Bohême, taillé et gravé (gravure représentant une chasse au cerf).

98 — Grand Verre en Bohême, gravure fleur.

99 — Verre en Bohême.

100 — Verre à pied, armorié, en vieux Bohême.

101 — Verre à pied, armorié, en vieux Bohême.

102 — Cruchon en Bohême, gravé.

103 — Verre en Bohême, gravé, avec son couvercle.

104 — Verre en Bohême, gravé, avec son couvercle.

105 — Deux Assiettes de la Compagnie des Indes, décor grisaille représentant la Résurrection.

106 — Trois Assiettes armoriées.

107 — Plat en faïence, imitation de Bernard Palissy.

108 — Assiette en faïence italienne.

109 — Assiette en faïence décorée.

110 — Plateau en faïence allemande, daté de 1783, scène religieuse, décor bleu sur fond blanc.

111 — Plat creux en porcelaine du Japon.

112 — Saladier en faïence de Gien, daté de 1806.

113 — Deux Plats en faïence italienne, fabrique de Savone.

114 — Plat rond en vieux Japon, bords dentellés, décor bleu et or.

115 — Quatre Assiettes de la Compagnie des Indes, avec écussons armoriés.

116 — Assiette en faïence de Gien.

117 — Assiette en faïence de Gien, datée de 1768.

118 — Petit Plat en faïence de Rouen, restauré, dessin polychrome au carquois.

119 — Quatre Assiettes en faïence de Marseille, signées V. P., sujets chinois.

120 — Deux Assiettes en porcelaine du Japon.

121 — Assiette en faïence de Gien, datée de 1756.

122 — Assiette en faïence de Moustiers, datée de 1771.

123 — Saladier en faïence de Gien, datée de 1800, représentant des navires.

124 — Plat en faïence italienne, bords à jour, avec écusson armorié.

125 — Plat en faïence, représentant des personnages de la Comédie italienne.

126 — Grand Plat en faïence espagnole, daté de 1648, dessin bleu sur fond blanc.

127 — Plat ovale, genre italien du XVIe siècle.

128 — Potiche ancienne en faïence italienne, décor polychrome, encadrant les portraits de saint Etienne et saint Thomas, col ébréché.

129 — Fontaine ancienne en faïence de Gien.

130 — Petit Cruchon en faïence de Gien, daté de 1809.

131 — Vase de pharmacie en faïence italienne ancienne.

132 — Broc en faïence italienne représentant un polichinelle.

133 — Deux Lampes pompéïennes, en terre cuite.

134 — Vase en terre cuite. genre étrusque.

135 — Deux grandes Potiches, fond craquelé, en porcelaine du Japon.

136 — Grès Limbourgeois.

137 — Vase étrusque.

138 — Théière en terre laquée.

139 — Deux Plats médaillons, en faïence italienne.

140 — Grand Plat en Japon polychrome.

141 — Deux groupes en biscuit, représentant des amours.

142 — Drageoir : imitation de verre de Venise.

143 — Cache-Pot en porcelaine de Villeroy.

144 — Deux Vases étrusques.

145 — Deux Groupes en biscuit : Scènes de la vie de famille : l'Allaitement maternel et le Goûter.

146 — Grande Soupière avec son couvercle et son plateau, en Chine ancien.

147 — Deux petits Cache-Pot en faïence de Moustiers.

148 — Magot, imitation de Chine.

149 — Deux Potiches en porcelaine de Chine.

150 — Groupe d'Amours en faïence.

151 — Deux Cache-Pot en faïence, genre Strasbourg.

152 — Deux Porte-Bouquets, en Delft, ancien.

153 — Groupe en biscuit, représentant les Saisons.

154 — Grand Plat en émail sur métal, dessin chinois.

155 — Deux Plats faïence du Croisic, décor bleu.

156 — Deux Assiettes en Japon, polychrome.

157 — Deux Bustes en faïence : imitations des Lucca della Robbia.

157 *bis* — Terre cuite : Déesse égyptienne : fragment de statue en terre cuite ; lion en terre cuite.

158 — Grand Cache-Pot avec son plateau, en porcelaine polychrome du Japon.

158 *bis*. — Adoration de la Vierge, majolique, imitant les Lucca della Robbia.

158 *ter*. — Deux grands Vases bleus en porcelaine, avec leurs socles en bois sculptés.

OBJETS DE VITRINE

CONTENUS DANS UNE CHAISE A PORTEURS

---

159 — Éventail Louis XV, monture avec incrustations d'or.

160 — Étui en cuivre.

161 — Paire de Flambeaux en Saxe, représentant des Amours, socles en Sèvres (l'un d'eux est réparé).

162 — Joueurs de biniou et Joueurs de vielle, sujets en Saxe.

163 — Petit Saxe : Vendangeur (la main droite manque, la main gauche est restaurée), porcelaine ancienne.

164 — Trois Amours en Saxe.

165 — Joueur de flûte et Joueur de mandoline, Saxe ancien.

166 — Colporteur, sujet genre Saxe.

167 — Personnage en porcelaine, genre Saxe.

168 — Petite Statuette en porcelaine, représentant la Poésie.

169 — Petit Groupe en Saxe royal.

170 — Jeune Seigneur portant un bouquet.

171 — Cinq Statuettes en porcelaine, genre Saxe.

172 — Deux Statuettes en faïence : Joueurs de cymbales et de triangle.

173 — Vase de fleurs et Amours sur piédestal, porcelaine.

174 — Groupe en porcelaine : Nid d'oiseau.

175 — Groupe allégorique représentant la Renommée, la Victoire et le Temps, entourant le portrait du maréchal de Saxe; ses armes se trouvent au bas du groupe.

176 — Pichet en faïence bleue de Nevers.

177 — Petit Plateau en Delft doré.

178 — Plat ancien de Moustiers : Dessin Berain.

179 — Sept Plaquettes en biscuit de Sèvres, représentant les portraits de Louis XVI, Marie-Antoinette, Henri IV, la Duchesse d'Angoulême, etc.

180 — Tasse Chantilly datée 1725.

181 — Sept Cabochons en cuivre repoussé, travail grec.

182 — Bénitier en émail de Limoges, signé Bernard N.

183 — Deux Statuettes en ivoire : Mendiant et Soldat, d'après Callot, travail du XVIIe siècle.

184 — Trois Statuettes en ivoire, travail chinois.

185 — Plateau supportant une Tasse, une Théière, deux Pots à lait, décor Saxe.

186 — Six Tasses, avec leurs Soucoupes à galeries en porcelaine de Zurich, époque Louis XVI.

187 — Un Bol avec Plateau, porcelaine de Sèvres, pâte tendre, époque Louis XVI.

188 — Aiguière forme casque, en faïence italienne, avec écusson, époque Louis XV.

189 — Grand Verre de Venise (forme aiguière), Buire et Verre à pied.

190 — Vase en porcelaine de Chine craquelée (un peu ébréché), avec son support.

191 — Trois Statuettes en bronze florentin du du XVIe siècle.

192 — Petit ivoire.

193 — Deux cent treize Pièces, Médailles et Jetons, en argent, pesant 1 kil. 770 gr., le tout dans une écuelle d'étain.

ARMES DE DIVERSES ÉPOQUES

FORMANT PANOPLIE

194 — Chapeau annamite en bois doré.

195 — Casque d'archer japonais.

196 — Casque en fer damasquiné du XVIe siècle.

197 — Deux Gantelets en fer damasquiné.

198 — Paire de Pistolets d'arçon italiens du XVIIe siècle, monture en fer ciselé.

199 — Batterie de pistolet.

200 — Fer de lance.

201 — Deux Lances, montures bois, incrustées or.

202 — Sabre japonais, fourreau cuir à dessins noirs.

203 — Sabre coréen avec fourreau en galuchat.

204 — Pertuisane en fer damasquiné, avec écusson et couronne de comte.

205 — Petite Arbalète du XVIe siècle, travail italien, crosse avec incrustations d'ivoire.

206 — Arquebuse, travail italien du XVIe siècle, marqueterie ivoire.

207 — Arquebuse fin du XVIe siècle, travail hispano-mauresque, batterie ciselée, crosse en marqueterie de nacre.

208 — Mousqueton du XVIIe siècle, crosse incrustée d'argent.

209 — Mousqueton, canon incrusté d'argent.

210 — Mousqueton époque Louis XV, à deux canons superposés, batterie dorée et damasquinée, crosse en cuivre doré et repoussé.

211 — Paire de Pistolets d'arçon, époque Louis XV, ciselés.

212 — Paire de Pistolets Louis XIV, avec incrustations d'or.

213 — Paire de petits Pistolets damasquinés or.

214 — Hache d'armes.

215 — Masse d'armes damasquinée argent.

216 — Hache d'armes.

217 — Deux Poudrières, l'une en ivoire, l'autre en bronze doré.

218 — Masse d'armes.

219 — Épée de la Restauration.

220 — Épée de Cour, époque Louis XVI.

221 — Couteau de Chasse, poignée ciselée et dorée.

222 — Couteau de Chasse, avec sa gaine.

223 — Dague en acier, garde ajourée, style Henri II.

224 — Dague en acier, garde ajourée, style Henri II.

225 — Sabre arabe, damasquiné or.

226 — Rapière Henri II.

227 — Epée à coquille.

228 — Rapière Louis XIII.

229 — Rapière Louis XIII.

230 — Armure orientale complète : Casque, Cotte de mailles, Bouclier, Brassards, damasquinés or.

231 — Deux Fusils hispanos-arabes, incrustés or et argent.

232 — Deux Lances de tournoi, avec oriflamme aux armes de France, époque Louis XIV.

233 — Deux Lanternes vénitiennes, ayant servi sur les galères des Doges, époque Louis XV.

234 — Six Briquets et Poudriers.

235 — Deux Éperons mousquetaires, époque Louis XIII.

236 — Deux Poignards avec incrustations d'or.

237 — Poignard époque Louis XIII, manche ivoire.

238 — Trois Poignards arabes.

239 — Encensoir gothique.

240 — Batterie de Mousquet.

241 — Fer de Lance du XVIe siècle.

242 — Casque, genre Renaissance.

243 — Deux Casques de prussiens.

MEUBLES

ORNANT LA SALLE A MANGER

244 — Grand Meuble de salle à manger, en bois de noyer sculpté, à deux corps.

La partie supérieure, formant dressoir, est ornée, aux angles, de deux cariatides, supportant l'entablement et le fronton.

La partie inférieure forme buffet, s'ouvrant aux deux angles. Le panneau du milieu est occupé par une grande composition : François Ier, à Fontainebleau, rendant visite à Léonard de Vinci. D'autres compositions se trouvent encore sur ce meuble : Tritons et Nymphes nageant, escortés de Dauphins, etc. Nombreux détails d'ornementation très finement sculptés. Signé : DELMAS.

245 — Crédence, style Renaissance, ornée de Cariatides, sculpture très fine, par le même.

246 — Douze Chaises de salle à manger, portugaises, époque Louis XIII, dossier et siège en cuir gaufré.

247 — Baromètre Louis XVI, à cadran, bois sculpté et doré.

248 — Pendule Louis XIV, à cul-de-lampe, marqueterie genre Boule.

TABLEAUX, AQUARELLES, DESSINS GRAVURES

---

249 — **Daubigny**. Paysage représentant les bords d'une rivière. Signé : DAUBIGNY, 1872. — Larg. 0m62 ; haut. 0m43.

250 — Grand Tableau de l'Ecole flamande. Six Femmes sont réunies autour d'une Table et chantent, le verre à la main, l'une d'entre elles s'accompagne avec une Mandore.

251 — Jeune Femme sortant du bain. Attribué à POELEMBURG.

252 — Quatre petits Tableaux représentant des Combats de cavalerie. Attribués à SIMONINI.

253 — **Nazon.** Deux Paysages : 1° Dessous de bois ; 2° Bords de rivière.

254 — Quatre Panneaux decoratifs, dessus de porte. Ecole française du XVIIIe siècle : 1° La Peinture ; 2° La Poésie ; 3° La Sculpture ; 4° La Musique. — Larg. 1m90 ; haut. 0m90.

255 — **Boulanger** (Louis). Contrebandier. Signé : L. BOULANGER.

256 — **Blin.** Paysage au bord de la Mer. Signé : Blin.

257 — Portrait de Dame costumée en Diane chasseresse. École française du XVIIIe siècle.

258 — Portrait d'Homme. École française du XVIIIe siècle, avec son cadre en bois sculpté, vieille dorure.

259 — **Richet** (Léon). Paysage. Signé: Léon Richet, 1872.

260 — **Lambert.** Famille de Chats. Signé : Lambert.

261 — **Pinacker** (Adam). Seigneurs et Dames à la fontaine (Peinture sur bois).

262 — **Tiepolo.** L'Eucharistie.

263 — **Rousseau** (Théodore). Esquisse d'un panneau décoratif : l'Aurore.

264 — **Rousseau** (Théodore). Esquisse d'un panneau décoratif : le Crépuscule.

Tous deux proviennent de la vente de l'atelier de Théodore Rousseau.

265 — **Worms.** Jeune Femme appuyée sur une harpe, signé Worms.

266 — **Goya.** Portrait de Cromwell, signé Goya.

267 — **Voillemot.** Paul et Virginie, signé Voillemot.

268 — **Achard.** Paysage dauphinois.

269 — **Harpignies.** Grand Paysage, représentant un chemin sous bois. Signé : Harpignies, 1869.

270 — **Rivoire.** Aquarelle, représentant des Fruits et des fleurs. Signé Rivoire.

271 — **Jacque** (Ch.). Troupeau de moutons. Signé Jacque, 1871. — Long. 0m65; Haut. 0m48.

272 — **Ecole hollandaise** du XVIIIe siècle. Village au bord de la mer; plusieurs Personnages s'y trouvent groupés.

273 — **Washington** (C.). Groupe de cavaliers arabes. Signé : Washington.

274 — **Van Ostade** (Copie). Buveurs.

275 — **Leloir** (Louis). Aquarelle : l'Oiseau bleu. Signé : Louis Leloir, 1880.

276 — **Fragonard** (le Jeune). Vert-Vert. Signé : A. Fragonard.

277 — **Dupré** (Victor). Un Troupeau de Vaches dans une mare, au milieu des prés. Signé : Victor Dupré, 1850.

277 *bis* — **Wynants.** Paysans. Signé : Wynants, 1635.

278 — **Stevens.** Marine. Signé : A. STEVENS, 1888.

279 — **Rousse.** Marine. Signé : ROUSSE, 1888.

280 — **Petillon.** Vue de Paris, prise des bords de la Seine.

281 — **Kretzer.** Vue des bords d'un fleuve : un cavalier y mène boire des chevaux. Signé : KRETZER.

282 — **Brissot.** Charrue traînée par deux bœufs.

283 — **De Dreux** (A.). Aquarelle : groupe de Cavaliers passant un ruisseau. Signé : Alfred D. D.

284 — **Ecole italienne** du XVIIIe siècle. Deux Tableaux représentant des groupes de personnages au milieu de ruines romaines.

285 — **Ecole flamande** du XVIIIe siècle. Le Soir d'une bataille.

286 — **Petillon.** A travers champs. Signé : PETILLON.

287 — Quatre Tableaux, représentant des Scènes religieuses.

288 — **Coypel** (École de). Episode du siège de Troie. — Après la prise de la ville, Pyrrhus

enleva à Andromaque son fils qu'elle tient dans ses bras; de nombreux gnerriers les entourent, tandis qu'un autre retient deux chevaux attelés à un char. Sur les côtés et dans le fond, on aperçoit des palais et les murailles de la ville.

289 — Dessin à la sanguine, École italienne. Époque Louis XIII.

290 — Paysage.

291 — Treize Aquarelles de DUPENDANT.

292 — Petite Aquarelle : Modèle de tapisserie.

293 — Deux Cahiers de Caricatures, par Ch. VERNIER.

294 — Sept Gravures en couleur : Scènes tirées des *Chansons politiques* de Béranger.

295 — Quinze Gravures en couleur représentant différentes scènes de la *Révolution Française*, signées : BERTAULT.

296 — Trois Gravures en couleur, d'après CARLE VERNET : 1° Route de Poissy; 2° Route de Saint-Cloud; 3° Les Aveugles.

297 — Douze Gravures en couleur : Caricatures de l'époque de la Restauration.

298 — Trois Gravures de l'époque de la Restauration : 1° Toilette d'un clerc de procureur; 2° la Perruque enlevée; 3° le Coup de vent.

299 — Quatre Gravures anciennes : 1° l'Événement au bal : 2° la Jouissance; 3° le Jardinier galant; 4° les deux Pigeons.

300 — Deux Gravures en couleur : 1° le Prix de l'agriculture; 2° le Couronnement de la Rosière.

301 — Deux Gravures : 1° le Consommé; 2° l'Écueil de l'innocence.

302 — Deux Gravures : 1° Qu'en dit l'abbé; 2° le Billet doux, d'après Lawrence.

303 — Gravure en couleur : Diane au bain.

303 *bis* — Gravure en couleur : le Bain.

304 — Gravure ancienne : le Coucher.

304 *bis* — Gravure ancienne : la Comparaison.

305 — Gravure sanguine ancienne : l'Indiscret.

306 — Gravure en couleurs ancienne : Brigands dans une caverne.

307 — Le Jeu de dés. Suite de Gravures en couleur.

308 — Deux Gravures, d'après BOILLY.

309 — Deux Gravures : 1° Artiste peignant les Trois Grâces, d'après LEPRINCE; 2° le Verrou.

310 — Gravure ancienne. L'Heureuse Fécondité.

311 — Six Eaux-Fortes de Félix BUCHOT, épreuves avant la lettre.

312 — Douze Gravures allemandes, d'après STRADANAS. Compositions fantastiques.

313 — Gravure en couleur : le Menuet de la Mariée.

314 — Dix Gravures, d'après ANDREA DEL SARTO.

315 — Lot de Gravures, Ecole italienne du XVIe siècle.

316 — Douze feuilles de petites Gravures de différents maîtres.

317 — Neuf Gravures de différents maîtres.

318 — Dix feuilles de Gravures diverses.

319 — Soixante-dix Gravures en couleur.

320 — Lot de Gravures de différents maîtres.

321 — Six feuilles de Gravures, d'après les dessins de J. ROMAIN.

322 — Lot de Dessins et Gravures.

323 — Lot de Photographies et Gravures.

324 — Gravure en couleur, d'après Debucourt.

325 — Dessin à la plume : Scène bachique. Signé : Moitte, sculpteur, 1779.

326 — Deux Paysages dans la montagne.

327 — Plusieurs lots importants de Livres sur les Beaux-Arts, illustrés de nombreuses gravures.

328 — Médaillon en terre cuite, Portrait de Franklin. Signé : Nini f., 1779.

329 — Médaillon en terre cuite. Portrait de Franklin. Signé : Nini f., 1777.

330 — Médaillon en terre cuite. Portrait de Marie-Antoinette. Signé : J.-B. Nini f., 1789.

331 — Médaillon en terre cuite. Portrait de Louis XV. Signé : Nini f.

332 — Médaillon en terre cuite. Portrait de Louis XVI. Signé : Nini f., 1780.

www.ingramcontent.com/pod-product-compliance
Ingram Content Group UK Ltd.
Pitfield, Milton Keynes, MK11 3LW, UK
UKHW021959260726
13994UKWH00004B/1847

9 782329 481692